AF363962

Vente du Mercredi 26 Décembre 1883,
HOTEL DROUOT, SALLE N° 8

MEUBLES D'ART

ANCIENS & MODERNES

Beau Meuble de salon Louis XVI
en tapisserie de Beauvais ;
Bronzes d'art et d'ameublement ; Tapisseries.

EXPOSITION PUBLIQUE

LE MARDI 25 DÉCEMBRE 1883 (FÊTE DE NOËL)

DE 1 HEURE A 5 HEURES.

COMMISSAIRE-PRISEUR	EXPERTS
Me PAUL CHEVALLIER	M. CHARLES MANNHEIM
10, rue de la Grange-Batelière.	7, rue Saint-Georges.

IMPRIMÉ PAR PILLET ET DUMOULIN

RUE DES GRANDS-AUGUSTINS, 5, A PARIS.

CATALOGUE

DE

MEUBLES D'ART

ANCIENS ET MODERNES

Beau Meuble de salon Louis XVI en bois doré
et tapisserie de Beauvais;
Meubles anciens en bois sculpté, en bois de rose; Canapés, Fauteuils
et Chaises; Meubles de style Louis XV et Louis XVI
sortant des ateliers de Guéret;
Bronzes d'art et d'ameublement; Belle Pendule style Louis XVI;
Faïences; Porcelaines; Objets de vitrine;
Tapisseries anciennes.

DONT LA VENTE AURA LIEU

HOTEL DROUOT, SALLE N° 8

Le Mercredi 26 Décembre 1883,

A deux heures.

COMMISSAIRE-PRISEUR	EXPERTS
M° PAUL CHEVALLIER	M. CHARLES MANNHEIM
10, rue de la Grange-Batelière.	7, rue Saint-Georges.

Chez lesquels se trouve le présent Catalogue.

EXPOSITION PUBLIQUE : le Mardi 25 Décembre (fête de Noël)

De une heure à cinq heures.

CONDITIONS DE LA VENTE

La vente sera faite au comptant.

Les acquéreurs payeront *cinq pour cent* en sus des enchères applicables aux frais.

L'exposition mettant le public à même de se rendre compte de l'état des objets, il ne sera admis aucune réclamation une fois l'adjudication prononcée.

Paris. — Typ. PILLET et DUMOULIN, 5, rue des Grands Augustins.

DÉSIGNATION DES OBJETS

MEUBLES

1 — Très beau meuble de salon du temps de Louis XVI
en bois sculpté et doré, à feuilles d'acanthe et rubans, garni de tapisserie de Beauvais représentant
des médaillons à sujets d'animaux, fables de La
Fontaine et guirlande de fleurs sur fond quadrillé.

Il est composé de

1 canapé ;

2 bergères avec coussins ;

8 fauteuils.

2 — Quatre chaises Louis XVI en bois peints en blanc,
à pieds cannelés.

3 — Meuble de salon de style Louis XVI en bois sculpté
et doré à feuilles d'acanthe, piastres et rubans,
garni de damas de soie jaune.

Il est composé de : un canapé, deux fauteuils,
quatre chaises garnies et quatre chaises volantes.

4 — Deux galeries de fenêtre en bois sculpté et doré
de même style.

5 — Canapé de style Louis XV en bois sculpté et doré, garni de damas de soie cerise.

6 — Table à jeu de style Louis XV en bois sculpté et doré avec dessus de velours rouge.

7 — Belle console formant jardinière en bois sculpté et doré, avec entrejambes supportant un vase et des guirlandes de fleurs.

8 — Buffet étagère en noyer sculpté à groupes de fruits avec tablette de marbre griotte.

9 — Table-bureau en bois noir sculpté, avec dessus en drap vert.

10 — Bibliothèque à trois vantaux en acajou, le corps inférieur est à portes pleines et garni de trois tiroirs.

11 — Bibliothèque à deux corps en poirier noirci garnie de moulures en cuivre.

12 — Couchette en palissandre.

13 — Guéridon en palissandre.

14 — Sopha et deux chaises en acajou garnis de reps rouge.

15-16 — Deux toilettes en chêne verni à tablettes de marbre.

17 — Un dressoir et deux servantes-étagères en bois
     d'érable gris et genre bambou, avec tablettes de
     marbre.

18 — Petite table garnie de peluche cramoisie et de
     broderie.

19 — Table carrée à croisillon garnie de peluche
     bleue.

20 — Écran en soie ancienne encadré de peluche
     capitonnée bleue ardoise.

21 — Écran analogue au précédent garni de peluche
     marron.

22 — Fauteuil genre Renaissance en bois naturel et
     or, garni de tapisserie à la main.

23 — Chaise de même style que le fauteuil qui pré-
     cède.

24 — Petit paravent à trois feuilles garni de soie
     ancienne brochée à fleurs.

25 — Écran à quatre feuilles analogue au précédent.

26 — Vitrine en bois incrusté d'ivoire sur un support
     à pieds contournés en bois sculpté à têtes d'enfants
     avec tablette d'entre-jambes.

27 — Table de même travail.

28 — Pendule religieuse à carillon, en bois noir, ornée de cuivres.

29 — Bureau ministre en bois de rose, marqueté à filets et garni de cuivres.

30 — Bahut flamand en chêne sculpté à mufles de de lions et à moulures.

31 — Petite presse à linge flamande en bois de chêne à pieds balustres.

32 — Toilette Louis XV en bois de rose, garnie de tiroirs et d'une tablette à écrire.

33 — Commode Louis XV en marqueterie de bois de rose à damier et garnie de bronzes dorés. Dessus de marbre.

34 — Pendule religieuse de style Louis XIII.

35 — Bureau à dos d'âne en vernis de Martin à fond d'or.

36 — Deux portes d'armoires Louis XIII à facettes et moulures.

37 — Deux autres portes Louis XIII à encadrements.

38 — Petite armoire Louis XIII, fermant à deux portes à facettes.

39 — Pendule Louis XV à fleurs peintes sur fond vert.

40 — Potiche en ancienne porcelaine laquée du Japon.

41 — Petit meuble Louis XV ouvrant à deux portes en bois satiné, garni de bronze, dessus de marbre.

42 — Commode Louis XV en marqueterie de bois satiné, garnie de poignées en bronze.

43 — Commode Louis XV en bois de rose à trois rangs de tiroirs.

44 — Bergère Louis XIV garnie de canne.

45 — Bureau en marqueterie de cuivre et d'écaille Louis XIII, supporté par quatre pieds contournés rapportés.

46 — Table flamande en bois de chêne à filets noirs.

47 — Cage japonaise en bois de fer.

48 — Deux encoignures en bois satiné et laque de Chine, garnis de bronze.

49 — Cabinet burgauté du Tonkin.

50 — Dessus de cartonnier Louis XV en bois satiné, garni de bronze.

51 — Petite table style Louis XIII à entre-jambes en marqueterie de bois.

52 — Guéridon Louis XVI, forme rognon en marqueterie de bois.

53 — Petite table ébène et ivoire.

54 — Petite glace Psyché, pied en bois de fer.

55 — Glace dans un cadre Louis XVI, en bois sculpté et doré.

56 — Petit cabinet oriental en burgau.

57 — Coffret en nacre.

58 — Cabinet en ébène et ivoire.

59 — Boîte en laque.

60 · · Deux petites jardinières Louis XVI en acajou.

61 — Boîte à jeu de tric-trac en ébène et ivoire.

BRONZES

62 — Belle pendule de style Louis XVI, en bronze doré. Elle est formée d'un vase à anses serpents contenant un mouvement à cadran tournant et au pied duquel deux amours sont assis, l'un montre l'heure avec sa flèche et l'autre tient un fusil. Le

socle du vase représente une fontaine avec mascaron. Base cintrée en bronze doré à moulure et ornée de rosaces.

63 — Deux candélabres de style Louis XVI, en bronze doré, composés chacun de deux figures d'enfants, dont l'un un dauphin d'où s'échappe un bouquet à six lumières, socles cannelés à guirlandes.

64 — Deux flambeaux de style Louis XVI, en bronze ciselé et doré.

65 — Galerie de foyer à figures d'enfants et rinceaux en bronze doré de Feuchère.

66 — Pendule en marbre blanc, ornée de bronzes dorés au mat, de la fin du xviiie siècle. Deux nymphes debout reposent sur la base, le cadran est surmonté d'une corbeille de fleurs et fruits, avec nid d'oiseau.

67 — Deux candélabres du même style que la pendule qui précède.

68 — Lustre en bronze doré, garni de cristaux.

69 — Quatre appliques accompagnant le lustre qui précède.

70 — Deux lampes, formées de vase en bronze, d'après Clodion, à jeux d'enfants en relief.

71 — Buste de Diane, d'après Jean Goujon, bronze
de Barbedienne, sur une pendule formée d'un fût
cannelé en marbre noir.

72 — Deux aiguières en bronze et cuivre, à jeux d'enfants, en relief.

73 — Deux lampes en ancienne faïence de Delft.

FAIENCES ET PORCELAINES

74 — Pied de croix en ancienne faïence de Rouen.

75 — Pot à eau en faïence des Moustiers, décor à mé-
daillon.

76 — Plat long en faïence de Hanong.

77 — Deux assiettes en faïence de Venise.

78 — Verrière en faïence de Marseille.

79 — Quatre pièces : moutardier et tasses en faïence,
décor de fleurs.

80 — Deux cornets en ancienne faïence de Castel-
Durante.

81 — Sous ce numéro : dix-huit plats de différents décors en ancienne faïence de Delft. Ce lot sera divisé.

82 — Deux jolies tasses, avec présentoirs, en vieux japon, avec montures Louis XIV en argent.

83 — Grand bol en vieux chine, à décor bleu.

84 — Ecuelle en vieux chine.

85 — Deux lampes en porcelaine de Kien-Long, et émail cloisonné.

86 — Quatre pièces : coquilles et cendriers en porcelaine de Chine.

87 — Deux plateaux, forme feuille, en vieux Japon.

88 — Cinq tasses à café, en vieux chine, variées de décor.

89 — Assiette et petit vase en Wedgwood.

90 — Boîte en porcelaine de Saxe.

91 — Paire de vases en faïence décorée, avec supports en bois noir, à volutes.

92 — Deux autres, forme Médicis, en faïence, décor bleu.

93 — Grand vase, avec socle triangulaire, en terre émaillée gros bleu.

94 — Deux autres, plus petits, de même faïence.

95 — Grande vasque en faïence, fond bleu, décorée de fleurs, avec socle en bois noir, et pied de style chinois, avec tablette de marbre.

96 — Vase en majolique, à figures de naïades en relief.

OBJETS DE VITRINE

97 — Porte-flacons en nacre avec monture en argent, contenant quatre flacons et un entonnoir.

98 — Timbale en argent.

99 — Dix-huit boutons en filigrane d'argent.

100 — Un collier et un pendantif en filigrane d'argent.

101 — Boîtier de montre en vernis de Martin.

102 — Bec de corbin en argent.

103 — Montre en or avec châtelaine en cuivre.

104 — Vingt-quatre boutons en cailloux du Rhin.

105 — Écrin Louis XIII contenant une peinture.

106 — Bas-relief en ivoire dans un cadre.

107 — Râpe à tabac en bois sculpté.

108 — Éventail Louis XVI à moulure d'ivoire.

109 — Bijou Louis XVI orné de topazes et de roses.

110 — Cachet-breloque monté or, et une intaille.

111 — Montre de Leroy, en or.

112 — Paire de ciseaux Louis XVI.

113 — Portrait en profil de Louis XVI, en bois sculpté.

114 — Deux vases en émail de Chine.

115 — Flacon en émail cloisonné.

116 à 120 — Huit éventails Louis XV et Louis XVI à montures de nacre et d'ivoire à feuilles peintes.

121 — Cinq morceaux de soie ancienne lamée d'argent.

122 — Guipure ancienne de 4 mètres de longueur sur 9 centimètres de haut.

123 — Dentelle ancienne, entre-deux, 2 mètres.

124 — Dentelle ancienne, 2^m,10.

TAPISSERIES

125 — Grande tapisserie renaissance à sujet mytho-
logique avec riche bordure.

126 — Deux tapisseries à sujets verdure avec bordures
de fleurs et fruits orné d'armoiries aux angles.

127 — Une autre, analogue aux précédentes, avec
figure de chasseur et oiseaux.